O Poeta e o Rio

Ronie Santos

KOTTER
EDITORIAL

Diretor editorial: Sálvio Nienkötter
Coordenação editorial: Claudecir de Oliveira Rocha
Editor-executivo: João Lucas Dusi
Editor-assistente: Luiz Felipe Cunha
Capa: Leo Marino
Ilustração da capa: Fabricio da Rocha
Design editorial: Carlos Garcia Fernandes
Produção: Joehverson Guslem Jacob
Preparação de originais e revisão: O Autor

Dados Internacionais de Catalogação na Publicação (CIP)
Angelica Ilacqua CRB-8/7057

S238p

Santos, Ronie
O poeta e o rio / Ronie Santos. — Curitiba : Kotter editorial, 2025.
96 p.

ISBN 978-65-5361-494-9

1. Poesia brasileira I. Título

CDD B869.1

25-4032

KOTTER EDITORIAL

Kotter Editorial Ltda.
Rua das Cerejeiras, 194
CEP: 82700-510 - Curitiba - PR
Tel. + 55(41) 3585-5161
www.kotter.com.br | contato@kotter.com.br

Feito o depósito legal
1ª Edição
2025

O Poeta e o Rio

Ronie Santos

A todos que se dedicam aos
desafios de construir o próprio
caminho na jornada da vida

Agradeço ao editor Claudecir Rocha e a todos da Editora Kotter pelo acolhimento a este trabalho; à cantora e compositora Bruna Moraes pelo carinhoso prefácio e presença de vida e arte, ecoando em sons e palavras; ao cantor, compositor, violonista e ilustrador Fabricio da Rocha pela ilustração de capa, concebida por horas de reflexões sobre as sutilezas da psique humana; ao ator, diretor, dramaturgo, professor e escritor Ricardo Guilherme, membro da Academia Cearense de Letras, pelo texto de contracapa e por nossas infindáveis prosas sobre tudo, sempre; à psicanalista Amanda Campos por viabilizar caminhos e escolhas a este artista fascinado pelo sonhar; aos amigos que compõem minha jornada, hoje e sempre; a meus pais e irmãos, que me inspiram a trilhar caminhos autênticos na vida.

Às vezes uma árvore nos diz aquilo que não podemos ler nos livros.

(C.G. Jung) – passagem na página 85 da obra Cartas – Volume II

CONSIDERAÇÕES DO AUTOR

O Poeta e o Rio traz em seus 64 textos a variedade que compõe minha jornada. As diversas atividades, os vários lugares, viagens, pessoas, tudo refletido no ato de escrever.

Escrita essa que se mantém intuitiva desde o primeiro dia, desde o primeiro livro e, também por isso, me traz surpresas de percurso, como o surgimento dos "cumpade" e seus diálogos, que apresento pela primeira vez. A escrita poética, companheira de todas as horas e condições, permeia os textos e sugere tons.

Ao passo que meus três primeiros trabalhos, Eus, Traços e Versos, Flor de Canoeiro, sintetizam todo um ciclo da minha vida, O Poeta e o Rio inaugura uma nova etapa.

Que o desejo de mergulhar e encontrar-se no rio imenso da vida possa alcançar cada leitor deste trabalho.

Até breve e boa leitura!

PREFÁCIO

Nesse coração de poeta, mora um matuto, de olhos bem abertos, aqueles olhos da alma, que alcançam as pequenas árvores até a raiz. Tem um jeito gingado de prosear, a dança da água do rio, beleza ímpar e natural. Esse poeta sabe onde mora o coração, a margem e o vislumbre.

Para se ler esse poeta, vale soltar memórias e se lançar na correnteza, com ele. Sonetos que cheiram a orvalho e café fresco, conversas sob o barro e a grama, numa tarde de outono, gelando os pés. E pequenos versos, como chuvas de verão, que lavam tudo, e deixa esperando na varanda, olhando o céu se abrir.

E, no entardecer do poeta, o coração de Buda, que aceita e reverencia a vida, celebra as dores, enaltece a delicadeza e a fragilidade. O ocidente está como uma estrada distante, em curvas cinzentas, mas bem no fim da paisagem da gente. O poeta sabe, e faz cantiga e poema com isso.

Para se ler esse poeta, basta abrir os braços, desnudar-se do velho, dar-lhe um abraço e sentar-se com ele, para ouvir as histórias de quem passeou por dentro de si, e volta à beira daqui, para contar que o mais simples e pequenino na existência humana é o que de mais real e magnífico temos, nosso maior tesouro. Caminhe com ele, pessoa que lê, pela noite enluarada, explodindo de estrelas, pois nada melhor que caminhar ao lado de alguém que se parece com a gente: um ser humano.

Bruna Moraes

Cantora e Compositora

Sumário

NASCENTE

LUGARES

ESSÊNCIAS

NASCENTE

"Papai, você sabia que na minha
mente o domingo é um passarinho?"

(Kadu, 7 anos, meu filho)

O POETA E O RIO

Faço versos como água de correnteza
não afirmo nem nego, escrevo
Nada sei do próximo instante
Satisfeito, aceito
e contemplo em silêncio

Em comum, a matéria vária
de que se fazem as palavras
não cristalizadas no tempo

A cada mergulho, um sentido
A cada poema, um abrigo
de quem fez da poesia morada
no sonho desperto de cada dia

DOIS DOS BÃO

- Cumpade, é outono ou verão?

- Sei não, cumpade, e dessa sorte ainda há divisões?

- Talvez não, é. Havia tempo de manga, goiaba, tudo que é fruto, em outra época não se via. Digo a você. Manga era verão certeiro, de se poder esperar decerto do acerto. Já hoje, acredita o cumpade que o outono fruteou goiaba, e da boa? Dava gosto de ver o pé!

- Acredito em qualquer coisa. Mas eu me recuso a subir em pé assim desacertado. Nego-me. Quem é que sabe o que tem dentro? Fora de tempo há de ser de vez, há que se esperar.

- Mas sabe o cumpade que também eu tenho lá esses desatempos? Vez que aceno de rir na tristeza e chorar no feliz dos dias. Sozinho. Mas doido sou não, senhor.

- Será mesmo, cumpade?

- Doido não, mas de quando em quando doído. E veja que um acento muda muita coisa. Um acentozinho só e salva-se o tino, nossa língua tem dessas artimanhas. Veja que vovó falava loiça em vez de louça e eu, em menino, achava endoidecida a coitada. Já adulto encontro loiça no dicionário, tão certo como hoje anoitece, digo a você. Doida nunca foi. Mas um tanto doída, sim.

- Doídos somos todos, cumpade. Com acento.

- Mas esse meu gracejar sozinho me intriga, tem hora. Certo não é chorar no triste e rir no feliz dos tempos?

- Sei não, cumpade. Sabe quem que tempo é esse de agora, por exemplo? Chove, esfria, esquenta, tudo sem aviso. Vem.

- Isso de língua me anuvia, cumpade. Tristeza dá choro e alegria dá rio, mas rio mesmo se faz lacrimejado e chorinho é música feliz.

- É porque tudo está em tudo, cumpade. Li em algum canto, coisa de chinês. A gente é que nem árvore. Tal e qual. Tem até raiz.

- Será mesmo, cumpade?

- Ora, é claro, sabe quem o que tem debaixo da terra, enraizado em toda árvore?

- É só cavar, cumpade.

- Pois faça. Vai se perder em ramificações, e se muito insistir pode chegar na China.

- Será verdade mesmo essa história, cumpade?

- Afirmo.

- E o que tem lá embaixo?

- Mais gente e mais árvore. Por isso não perco meu tempo escavando por aí.

- Pode ser. Como seja, falta tenho do tempo em que se entendia o tempo. Hoje é assim, acabou-se o normal, restou o doido no tempo, nas coisas e em toda gente.

- Doido não, cumpade. Doído...

A LUZ

Sempre durmo com uma luz acesa
Não compreenderia acordar na escuridão
de um breu por mim mesmo criado

Protejo com as mãos uma pequenina vela
tremeluzindo os contornos do meu ser,
como quem protege
a pessoa amada das dores da vida

Não vislumbrando a ilusão
de horizontes intangíveis,
mas pouco além de meus pés
iluminando a certeza do próximo passo

AMAR-SE

Amar

Se

Amar

Se

Amar

Se

Amar

CURSO

Toda lágrima desce
como um rio deságua
pelo lado mais fácil
Tudo que fere é forma
A vida é só um rio passando
pelo lado mais fácil

BASTIDORES

Nem palco nem plateia
Manhã e noturno desperto
em puro café e poesia
e alguns tons atemporais
Sem memória que afete os sentidos
só essa liberdade de pensar
e perceber-se vivo

Nem palco nem plateia
Não mais questiono o tempo
tampouco as roupas que vesti
Amanheço, despido

ANOITECEU

Quando havia amanhã
era possível pensar
no que fazer depois
distanciar o agora
Por que não amanhã?

Quando havia amanhã
era possível não viver
esquecer o noturno
Fantasiar a manhã

Até que anoiteceu
e não amanheceu mais
enfatizando o amor, a vida
do instante pleno da escrita
O que sou, o que amo, o que faço
sob a Lua e neste lugar
somente esta noite há

AMOR EM SI

Quando disse que te amava
era de mim que falava
De ti, restou a projeção
do que me atrai
Restou um lugar
impessoal e preenchido
por delírios de amor
inventados e ao vento lançados
Feliz quem em si esvazia
lugares preocupados

INFÂNCIA

Talvez eu continue brincando
de esconde-esconde na praça da estação
jogando bola no campinho
andando a pé pelos trilhos até o rio
correndo pela mata
roubando goiaba de dono bravo na beira da estrada
fazendo casinha no quintal de casa
Onde eu sempre acendia
uma velinha quando anoitecia
e brincava com as sombras
dos amendoins torrados na colher

MANHÃ

Quando o sol ilumina
a paisagem contemplada
não fere a visão

Pássaros entoam manhãs
despertando violões
brincantes enamorados
dançando nas estações

Canta, canta, passarinho
vai bem longe espalhar
as trilhas deste caminho
as cores deste lugar

INSPIRAÇÃO

Só escrevo por instinto vital
colhendo palavras que dão sustento
À vida jamais pedi um verso
distante da verdade cá de dentro

Palavras que dão cor aos dias cinzas
no leito convalescente do enfermo
São flores de oferenda no jardim
de mudas dispersas em solo ermo

E cada frasear que assume vida
é sopro de alento e temperança
para que não tenha sido em vão

Cada versejar é uma batida
do pulso que dispersa esperança
num sempre renascido coração

UM OLHAR

Que em mim jamais esmoreça
a sina do entristecer
São minhas as noites mais belas
que desnudam o alvorecer

Eterno alternar de vivências
dia a dia despertar
Um riso semente de lágrima
feliz no viver aceitar

E quem no fim me dirá
se é loucura ou beleza
à beira do abismo dançar?

Deixe-me aqui no meu quarto
ensaiando quantos passos
nascem hoje deste olhar

FANTASIAS

Nada se mensura pela falsa noção
que se possa ter de si próprio
Quando algo se perde no labirinto do ego
o que se vê é a tentativa desesperada
de proteger a sete chaves
um cofre vazio contra um ladrão imaginário

ESTAÇÕES

Esta predileção pelo simbolismo.

A pessoa das segundas-feiras, dos dias primeiros da semana, do mês, do ano.

As quatro estações, plantio e colheita.

Esta vontade fazendo morada em algum lugar inconsciente, moldando silenciosamente o que virá.

E que venha como o vir e revir no tempo do tempo.

Há de ser novidade porque tudo transmuta e, sob a superfície de uma aparente mesma contemplação e paisagem, move-se inabalável o transformar.

Este esforço cada vez mais leve de se deixar levar.

Se vento, suave.

Se tempo, agora.

Se voo, borboleta.

Se pássaro, fênix.

DESPEDIDA

Se partir é partir-se
decido ficar
Cada passo em fuga
revigora a presença
e me aflige o lugar
E por longe que vá
que distância de mim haverá
se partir é partir-se?
Decido ficar

DESEJOS

Somos poeira cósmica.

Somos estrela, Lua, Sol, ar, nuvem.

Somos essa construção universal conectada, esse grande pensamento comum que reverbera um pouco em cada ser.

Somos grãos de areia dando forma e vida ao oceano.

Temos vontades, nem sempre temporais.

E, de tudo que eu mais desejo que me ocorresse agora, o que aconteceria naturalmente, como se eu jamais houvesse desejado?

LADEIRA ABAIXO

- Cumpade, ando meio intrigado.

- Pois fale e se desintrigue.

- Penso em dizer a verdade à Maria, por inteira.

- Pois fale só meia, cumpade. Zé Inocêncio teve ideias assim em começo de namoro. Deu em casamento.

- Então tirou a sorte, cumpade?

- Nem tanto. Casados estão até hoje, mas com pessoa diferente. Zé Inocêncio teve que aprender. Verdade, verdade mesmo, por toda, a ninguém interessa, cumpade. O pouco que sabemos tem seu valor e razão de ser, não é de bom tento querer mais. Viver é misterioso, cumpade.

- Faz sentido.

- Vê o cumpade lá no alto aquela arvorezinha bem pequena entre duas maiores?

- Vejo de todo claro, cumpade, tá bonita!

- Pois bem, eu só sei que é verde, minha vista lá não alcança.

- E como sabe o que por lá tem?

- Me contaram e acreditei, foi pessoa séria. Limites há em minha vista, mas nem sofro. Pergunto quando não enxergo.

- Mas e se falarem casa em vez de árvore, cumpade?

- Aí é casa para mim e árvore a quem vê. Certo tudo fica, de todo modo. Há quem veja casa, árvore, de beleza variável, isso é de cada um, cumpade. O que tem lá em cima é o que tem lá em cima. Sem variar.

- Mas isso de amor me intriga, penso em falar...

- Se assim é, que seja. Amor é água ladeira abaixo, cumpade. Não retrocede nem para. Segue. Se encontra desnível, preenche ou contorna. E segue. Represa é invenção do homem, serviu no fazer energia elétrica, e mesmo assim há um dia de se acabar. Pois deságue, cumpade. Água parada adoece.

- Mas e se acabar?

- E o que é que na vida não acaba, cumpade? Com motivo, sem. A vida é mesmo esse transformar incessante de todo dia. E o que é que vem depois da noite, cumpade?

- O dia, não?

- Pois. Não deixa de ser um fim e não é também começo? Acalme esse coração, cumpade.

- E se der sina de Zé Inocêncio?

- Aquela estrada é dele, cumpade, cada um tem a sua. Fale, deságue e amanheça, até anoitecer de novo. E por aí vai...

- Queria eu escolher coisa melhor.

- Escolha é qual raiz por baixo de terra, cumpade. A gente vê pelo fruto, mas o fundo ninguém vê.

- Cumpade proseia difícil, como quem rodopia e me solta o braço.

- Palavra completa no outro, cumpade, eu só faço minha parte...

MOTIVO

O próximo dia, a próxima noite
a próxima aula, o próximo encontro
a próxima tentativa

O próximo riso, a próxima lágrima
o próximo abraço, o próximo amor
a próxima nota na melodia da vida

É para o próximo que se vive

OCIDENTAL

Depois eu penso

no depois

eu penso

no depois eu penso

depois, eu penso

no depois

eu penso no depois

REBENTAÇÃO

Eu não tinha esse lugar assim tão mar, pois imponente me impunha medo, desde sempre.
Livros também. Todo saber profundo inspirava contemplação às margens, mais do que mergulho.
O não saber sempre me foi fascínio, esse espaço infinito para o encantamento de toda primeira vez.
Vi o mar pela primeira vez muito cedo, alertado a não ir fundo demais.
Contemplação que respeitava meu desaguar.
O sentimento do mar em mim se deu na voz de Renato Braz.
Minha jangada era aquele canto em desenredo, até que o tempo trouxe essa vontade arrebatadora de um barquinho e navegar. Navegar apenas, sem paradeiro, sentindo a brisa capitanear aquela jornada longínqua e sem final.
Mergulhei então por inteiro, sem saber nadar, e encanta-me hoje ainda mais a vista que se me faz.

EM VÃO

A recomendação velada
do viver a vida alheia
vale tanto quanto o anseio
de beijar uma sereia

Em verbo rezo e não contendo
e cada verso aqui escrito
anula o anterior
deste meu fazer morrendo

Até não restar nada
nem o silêncio esquecido
do teatro sem ensaio
que foi ter vivido

ENTRELAÇOS

Na madrugada insone
que o amanhã enseja
repousam silentes afetos
dando forma ao que deseja

Sinais dispersos no ar
de tão múltiplo emissor
perpassam da cura o lugar
inseparável da dor

E dentro observo a sala
que tanto perceber abriga
morada das impressões

Ecoam no quarto sussurros
enredam-se trilhas sonoras
caminhos e corações

ACALENTO

Ouve em silêncio
o canto puro de seu coração
Desfaz todo pensamento
nascente da ilusão
Lento cala e sem tormento
há de abraçar-se por dentro
Liberta se é sentimento
Tudo que aflige é razão

CORAGEM

Não teme jamais o fim
quem o vislumbra ao começo
Alternam-se noites e dias
inexoravelmente
O tempo não pede passagem
Assim como o inverno
alheio ao frio do passante
cumpre implacável seu tempo

VIAJAR

Pensei muito em viajar.

Viajar para bem longe, talvez outro continente, onde eu não sentisse sua falta, ou a sentisse diminuta. Onde o pôr do sol, ou as nuvens, ou o céu iluminado fossem mais belos que sua imagem.

Mas você é ainda mais bela que o pôr do sol, as nuvens e o céu iluminado.
Poderia encontrar pessoas e conversar e não ter tempo de sentir saudades.

Mas e quando eu silenciar? Porque saudade mesmo desfaz a noção de tempo e faz toda uma vida caber num instante.

De todos os sentimentos, o que aflige mesmo é a saudade.

E não adianta ficar, não adianta partir, nem conversar e nem silenciar, nem fechar os olhos e nem contemplar.

Saudade é o outro morando por dentro sem a gente poder abraçar.

O RIO

De conto de sorte daquela teimava em ler. Já bem sabia a angústia que do autor houvera tomado tento no impulso da escrita.

Sabia que o sofrido daquelas palavras invadiam nele a escuridão do quarto com uma chama de velinha, proseando e, por toda parte, fazendo pequeno facho.

Não sabia por que lia, se sua própria escrita se desfazia em tempo de desaprender o ofício. Mas lia, de novo. E novamente. Às vezes forças não lhe restavam de continuar, não por desígnios de corpo, mas assuntado que ficava em pensamento, de não saber o quê.

Depois, quando escrevia, sem querer – o querer moinho não há de mover – estava lá o rio, estava lá a canoa. O bendito rio e a bendita canoa. E o pai. E aquelas palavras que, repetidas, perdiam-se de sentido, até que esquecidas ressurgiam como que em clarão de luz acesa, suave e certeira.

Mas insistia em ler, porque o rio estava em seus olhos e a canoa se fazia em pensamentos no infinito de si.

Fazia questão de lembrar o que seria impossível esquecer.

MENINO

Manhã amanhecem versos
brincantes que nem folia
e a austera prosa do adulto
desnuda-se em poesia

Esconde, esconde o menino
por trás de sua fantasia
em mundos que não se vê
e pega depressa a caneta
Rabisca, rabisca o papel
enquanto permite o dia

Agora é minha vez
alterna papeis em riso
pois é privilégio dele
o encanto do improviso
E pega depressa e colore
rabisca, rabisca o papel
enquanto permite o dia

TECER

No fio tênue da vida
vou tecendo meu sonhar
E a cada instante dedicado
estende-se o manto sagrado
por minhas mãos artesãs
É o amor que une os pontos
Meu destino e meu lar

FLORBELA

A rosa de que te fazes
exala o cheiro dos versos
no seio da tua boca

És toda poesia em mim
vertida contemplação
das cores que há em ti

És um cantar de nascente
água pura da fonte
no despertar etéreo

Enredo-me neste horizonte
de teu fraseado ardente
ornado por luz e mistério

SUAVE

Na praça abandonada
não se falou palavra
Apenas em memória vivia
enquanto o tempo varria
histórias vividas, hoje nada

Quem passava sentia
somente se sabia
o que no instante morria
enquanto o vento varria
histórias sentidas, hoje nada

SILENTE

Nenhuma felicidade é comunicável ou compartilhável
mas podemos estar felizes
ao mesmo tempo
por um mesmo motivo
O que poderia ser mais belo?

TRANSA

Quanto tempo perdido
A presença é bem mais que utopia
O verso que à alma fala
é menos que o abraço enternecido
não vive de poesia

Sufoquemos as palavras
em noturna maresia
Inebriados em sentimento
significando por fim
nosso tempo

NATUREZA

- Cumpade já leu o Poeta da Natureza?

- Não que lembre.

- Pois há de gostar e se inebriar e se encantar. É assim com toda a gente.

- E comigo há de ser, cumpade? Não, talvez. Poeta não chega assim datado e de aviso.

- Em mim, chegou.

- Que seja, mas, aqui mesmo, sabe quem que distância é essa que nos separa o corpo, cumpade?

- De agora eu arrisco uns dois metros.

- Não. Há entre nós um espaço, e sabe quem nesse mundo o que tem dentro. Metragem é medida do homem, danado que é pra querer entender.

- Mas daqui aí eu acerto e provo no passo.

- Tem medida não, cumpade. E tem mais, data também é coisa inventada, sabe quem que dia é hoje?

- Domingo, não?

- É tudo invenção. Hoje é dia de acordar, trabalhar e dormir. Igual ontem e que nem amanhã.

- Mas aí ninguém mede mais nada, acabam os dias, as horas, e vai restando o quê?

- Paz. Sossego. Por que não?

LUGARES

AMIGO

Segue teu caminho
que à luz do destino
tudo é perfeição

Segue teu caminho
mas segue sorrindo
sempre em oração

Segue na vida
e leve na partida
a boa recordação

De um cantinho benzido
um encontro de almas
e um abraço de irmão

SEMEAR

Não há represa que contenha
voz e sina de desaguar
Toda a imensidão da vida
no instante de um olhar

O canto correnteza nutre a terra
o amor seduz o viajante no cais
Viver anoitece e amanhece
lento e certo como o tempo faz

Como planta que alimenta um sonho
de outra vida que vem semear

KADU

Quando eu te vir te escreverei
num soneto ou num cordel
Será Drummond ou paganinará
vou te benzer com Bach
Vou contar lendas
vou contar lêndeas
vou te contar
Contraponto no peito
abrigo de paz
Pura partitura do som
nascente de amar

ENSAIO SOBRE UM CONTO DE FADAS

Reverbera no cume das montanhas
envolto canto em sagrado manto
coral litúrgico no inominável templo
teu grito canção de ninar

Instrumento da mais nobre arte
no insistente abandono
do inexistente auge
Como viver senão tudo?

Teus passos distantes e firmes
rumo à natureza poética
dos lobos solitários

Subirei à montanha ao ouvir-te
no fascínio avistar de estrelas
em luzes e tons vários

FAMÍLIA

Sentimento de família
não cabe em página de livro
Formou-se por uma vida
de lida presente no lar

Família transcende a pauta
palavra vivida ao vivo
talhando num prisma infinito
sentidos do verbo amar

VIRAÇÃO

Na dança efêmera das horas
desfila em desvario a fantasia
refaz a volúpia de outrora
Vida, vida, vida
Poesia!

TARDIA

O que temes, coração?
não são tuas as palavras
e nem foges do tremor
chama da tua condição

De tanto evitar, encontraste
teu mais íntimo receio
na voz que no outro nasce
teu alívio e desespero

Voe livre, passarinhe
nesse céu de nuvens tênues
vida em rebentação

É chegado teu destino
em rubros beijos e abraços
o que temes, coração?

TONS

Eu que pouco ou nada sabia
mergulhando em turvas águas
tornei-me farol em seu mar
De tudo que me compunha
faltava sua melodia
qual cantiga de ninar
Hoje assisto encantado
da vida o maior espetáculo
compondo harmonia em meu lar

FLOCOS

O que fazemos para pertencer
não nos pertence
desintegra o ser

Inteiro somente me entrego
a tudo que não me consome
E a mim interessa sobretudo
a parte que ao outro convém

Vislumbro a totalidade
nas faces que me compõem
Aceito, em contrapartida
o inteiro de que te fazes

PAISAGEM

Do alto das nuvens oníricas
os belos olhos da moça contemplam a paisagem
enquanto a natureza recebe-a como filha
Fosse possível
diria o quanto são belas
a moça e a paisagem
Mas o que pensam os olhos da moça
do alto das nuvens oníricas
enquanto contempla a paisagem?

MUITO MAIS

Não diria nada.

Apenas te olharia nos olhos, fixamente. E, lentamente, vislumbraria seu ser, sorrindo em lágrimas de beleza transcendental.

Permaneceria ali, apreciando silente.

Até por instinto desviar o olhar, acanhado, enrubescido.

Em vão.

Tudo teria sua forma e você estaria por toda parte.

No horizonte evidenciando a limitação do olhar, o inútil saber, a finitude do ser, também lá estaria você.

Singulares encantos, cada dia mais.

VISÃO

Tudo se revela nudez
ao olhar inefável de dentro
Ecoam sonoridades, cores
matizes sentidas, momentos
Essência que vê e o olhar ouve
a vastidão do inexplorado
desperta ao adormecer
Repousa quando acordado
olhar nascente da alma
antes breve e limitado
sentir ampliado do ser

VANGUARDA

O que faz o homem no ápice de sua inquietação existencial?
@lgorritmia
O que faz o homem sozinho em um teatro, rodeado por luzes,
livros e instrumentos musicais?
@lgorritmado
O que faz o homem com toda a angústia de um tempo que já
não é seu?
@lgorrítimico
O que faz o homem com tudo que faz o homem, sem bastar?
@lgo ritmo
O que faz o homem que questiona o que faz o homem?
@lgoritmo

LUA

Olhos de Lua na noite escura
jogo de luz a me encantar
Presença bela de poesia
sem um final

Segue a orquestra na boemia
vozes e cantos em espiral
Lança um cigarro das mãos vazias
rege o arranjo do *free jazz*

Eu em meu canto desafinado
arrisco uns passos, inspiração
Ensaio um convite desajeitado
aceito sua mão

Na dança que nos envolveu
no espaço vazio ao redor
Valsam dores sem direção
bailam no salão de cor

Lua que vive em cada rua
leva-me à casa da ilusão
Onde morrem palavras vazias
sem perceber o amor

ESQUINA

Quem era você
antes de dobrar a esquina?
Nitidamente algo
lembrando você
dobrava a esquina
Mas não aparecia
do outro lado
onde eu permanecia
parado

ESTRADA

Ser o que se é
expressar o que há
no tempo ideal da canção
Mudar como as marés
anoitecer, enluarar
Jamais desviar o destino
viver, tarefa difícil
o mais é descaminho

ESSÊNCIAS

ANOTAÇÃO

O fazer me faz ser

CARTAS

A verdade maior
de um poema ou carta de amor
revela que o amor habita
o coração do escritor

LIBERDADE

É preciso ver com outros sentidos

PRÉ

Sem prosa, não há poesia

CONJUGAL

Você se ama

Eu me amo

Nós nos amamos

SÓ

Quem teme a solidão
deve buscá-la
com todas as forças
no mais íntimo do ser

A TERCEIRA MARGEM

Para quem segue
o próprio caminho
não há margens
no livro da vida

MARATONA

Corro inebriado

no rastro do seu perfume

SILÊNCIO

O silente
não é ausente de sentido
tampouco afirma
o que não declarou vivido

TAO

Para onde for
leve o amor
sob os passos da jornada
grandiosa morada

ÁGUA

O encontro da Psicanálise
com o Taoísmo
ocorre na plenitude
do vazio

DOCENTE

Ensinar é despertar por dentro

LAR

Toda casa precisa de um espelho

ESCOLA

Quem ama aprender
aprende a amar

NASCENTE

Nada se origina

tudo perpassa

sou leito de rio

e me basta

pólen bold 90 gr/m2
tipologia calisto mt
impresso no inverno de 2025